U0006050

迷宮之鳥

陳怡芬

本書榮獲第五屆周夢蝶詩獎

《迷宮之鳥》序

羅智成

這一屆周夢蝶詩獎的評審經驗，讓我印象十分深刻。一七一部作品參選，寄到我手上時，還有三大箱、一六九本；不但數量驚人，水準也優秀、整齊。我像海灘上撿選石頭的少女，一一比對著拿在手上的卵石，丟下一些，再撿起一些；還好我可以回頭，去撿回剛丟下的，重新比對。漸漸的，最美麗、特殊的石頭便攤在眼前了。當然也有一些，握在手上後，就沒有再放下。《迷宮之鳥》就是其中之一。

對於最後勝出的《迷宮之鳥》，我的評審意見是這樣的：「……她不但熟悉各種技巧、語法與意象經營，也有豐富、多樣的語彙和知識，去完成各種主題的書寫與表現；更有鮮明的創作意識和策略，透過布局與鋪陳，時而細膩表達情感的幽深隱晦；時而機警採擷現實世界的動靜；時而神入、投射於關心、觀察的對象，或婉轉傾訴著旅途的見聞。像個全才的演奏者，從容應付著各種演奏的場合、表達的曲目、不同的風格與不同的要求……」

原先我以爲作者應該是一位資歷頗深的詩人，因爲《迷宮之鳥》題材寬廣、手法多變，所選詩作多已發表過，並沒有特別爲這次詩獎量身打造的作品。但是細讀之後，漸漸發現到作者成熟、改變的軌跡：有些較早的作品充滿強烈探究、書寫的熱情，「不忍割捨多餘的美好」地過度修辭、華麗堆砌；後期的詩作則顯得駕輕就熟、雲淡風輕，對各種主題，都能把握重點，從容布局；文字表達上，也更準確拿捏、文情相稱。這當中，有一貫的專注與堅持，也有明顯的質的躍昇。但前後時間的跨距並不大，所以我又猜想可能是有著巨大創作能量，進步神速的年輕詩人。

沒想到這位令我驚豔的創作者，是在我另一次評審的詩獎中脫穎而出，還有過一面之緣的陳怡芬，一位年輕、靦腆卻有著無比創作熱誠的女生。她正式寫作的歷史並不算長，但是各種詩作的題材與表達方式都勇於嘗試，十八般武藝，樣樣皆通。

整體而言，《迷宮之鳥》是一部相當難得的，悅人的詩集，帶給我審讀詩作時未預期的許多樂趣。這些樂趣來自幾個方面，最明顯的，是高於一般作品的修辭密度；幾乎每一行、每一句都精雕細琢，極盡巧思，這一點前文已約略提及。在〈撿骨〉一詩中，陳怡芬便用了以下詩行，生動應證了對此一創作傾向的自覺與耽溺：

此後我定時服用一帖濃縮典籍
針織各色魔幻的喻依，嬉遊
於意象拼貼的紙迷宮裡，猶恐
活得像一句俗濫的俚語
被詩厭棄

這是相當典型的陳怡芬風格：新鮮、靈巧的語彙，華麗、豐富的意象，加上突破語法慣性的表達，總能迅速吸引讀者的注意，喚醒他們的感官，目眩神迷於繽紛的文字花園。

陳怡芬喜歡運用各種修辭工具。我甚至從字裡行間，就可以感受到她搜羅、編織、組合出這些美麗字句時的快樂與自得。特別在廣義的意象經營（imagery）方面，無論是比擬、隱喻、詞性轉換，她都極爲得心應手，並展現出對特定喻體、喻依深刻的理解，以及對「詩人破格」閱讀效應的熟悉。在〈窮途〉中，她如此宣示：

我的愛已是死亡的辭令
卻掀動潮汐令鳥群疊飛令你心跳狂野
文字如鏡，而我
羞愧如紙

在喻詞前後反差巨大的各種意象，衝擊著讀者的想像，形成閱讀的張力，令人不由得去思索這此強烈情懷的依據，從而對她的書寫態度產生凜然的關注。的確，她的書寫態度，一直吸引著我。因爲在她的作品裡，洋溢著某種耽溺的品質，也會不時透露出各種創作處境與心路歷程，其中有不懈的反省與苦索，高度的專心與投入。在〈迷宮之鳥〉的同名詩作，可以看見近似的表達：

我們舌間馴養的小小鳥
有時傾向於自閉
喜歡靜靜地彼此舔舐
在月牙留守的窗口
令一枚吻去校正失義的造句

關於意象的鋪陳，陳怡芬確是箇中高手，像一個細心的室內設計師，或電影導演，親手調整各種場景或擺設的細節，在〈維持寂寞的方式〉，她不厭其煩地描述：

女侍遞來幾款
聲形甜美的微笑
像仰角二十三度的軟太陽
斜切過杯沿淺淺流動的日常

這樣繁複、具體的表達，賦予這場下午茶特殊的立體感與戲劇性，很容易把讀者帶進情緒的現場，去體會寂寞時特有的專心。

豐富的想像力是陳怡芬另一項優勢，既可以幫她做更廣泛的投射，去揣摩新的對象、嘗試新的主題，又可以聯結到許多陌生遙遠的事物，從而擁有更新、更多比擬的素材。（這應源自某種熱切的創作人格、廣泛的閱讀與好奇吧？）當這些恣意馳騁的想像形諸文字，每個讀者都能輕易感受到這些意象表現的奢侈與華麗。

但是，駢賦般的修辭不一定是優點。它有時會超出「文質彬彬」的適切比例；可預期的反慣性表達，也會讓讀者彈性疲乏，唯有堅持精準、關注整體，超越捧著滿懷花材，一意想塡補訊息空隙的焦慮，才能跨過「可信賴的敘述者」門檻，向讀者一方面展現述說的眞誠與感染力、一方面維持舞者乾淨俐落的身影。

所以，在熟習各式的修辭技巧與意象經營，開拓出寬廣的音域同時，陳怡芬也漸漸卸下過度鋪陳與美化的衝動，試圖透過對事物本質的掌握、透過更自然的述說語調，去實現詩意的表達。像這首〈停火〉就是一個例證，它寫的是背景差異巨大、婚姻不和諧的老人終於死去，卻在香煙裊繞的靈位前，成爲庇護老伴的神明：

生活繁殖出經年的雨季
黑白婚紗照與牆面一同癌變
他的手錶、栗鼠灰大衣、紅標米酒

和凶狠的話全被施咒，打包帶走
她用剩餘的時間練習
忍受一種漫不經心的痛

在〈播種〉中，她如此表達思念：

天又黑了，馬不停蹄的黑
日子是除不盡的餘數
我如芭蕾女伶般憂傷
上緊發條，生活僅是音樂盒裡
一曲反覆的獨舞

我們可以發現，在這些詩行裡，不必要的裝飾和美化減少了，語言變得較爲樸素，語言的份量卻更重了；原本溫柔舒緩、曲折婉轉的語法也更被凸顯出來。那是年輕創作者特有的刻意與友善，帶著濃濃的詩情與畫意，娓娓向讀者陳述著內心的風景。

在她幾首近幾年參賽獲獎的作品中，這樣的改變更爲明顯。我們可以看出每首詩都有其清晰的思路或書寫策略，每個段落都有自身的功能，不會以上一句的華麗去干擾下一句的華麗，內容與形式更加均衡，創作的心力從詞彙的刻鏤中釋放出來，擴大的格局承載了更多的訊息，更深邃的想法。

在〈看見〉中，她如此書寫黃斑部病變：

海上霧起，揉進我的眼睛
帆船漩入波浪的振幅裡
光影曲折，虛構渙散的情節

糾纏的網罟釐不清生存的本質
……從未想過前方如此趨近，透明而深邃
被逼視成爲手的觸撫，指間的迷霧
我摩挲生活失去遠近如陶罐般粗礪的質地
以耳朵打撈支離破碎的拼圖……

這幾句話眞的做到了身歷其境的眞實與深刻。詩創作應該就是這樣子的，表達不出來的時候，我們耐心守候，拒絕用「萬能的」魅惑意象去塡塞、掩飾。當最眞切的那句話終被說出，是因爲我們眞正體悟、掌握到了尚未被命名或難以言喻的眞實。詩人的貢獻，就是爲讀者去打通從「表達不出」到「被眞正說出」中間這段中斷的路途。

〈走失〉描寫的是一個走失的阿茲海默症患者，在忙亂的街頭受困的情景，同樣是以紮實的訊息（想法或感觸）建構出厚重甚至雄辯的詩句，讓我們放心地被他感動、與他共鳴：

時間順著橡皮擦的方向努力擦拭
走過的足跡，身上佩戴的名字和數字
所有符號都跳脱指涉，徘徊在敘説的歧路
海馬迴裡的錄像被快轉消磁
——沙沙，從此寂滅
你回到時間之初，如新生的嬰兒般
光裸潔淨

透過《迷宮之鳥》這一部認眞經營的作品，我們相信，陳怡芬絕對有充分的才情與能力，點石成金，把平凡、繁瑣的現實生活翻譯爲詩、轉化爲詩。她不需要再去證明自己了！而應該更自由自在的，爲自己最喜歡的主題，最喜歡的世界去飛翔、去寫詩。

序　髮夾彎處落款

吳鈞堯

怡芬邀我、而我也答允寫序，很可能緣自某次玩笑，記得我如此回覆，「好啊，你敢邀請我就敢寫。」於是玩笑深化爲「賭氣」，誰怕誰啊？

二〇一九年冬天，我再度能夠寫詩，文友以「回歸」字眼形容，我也忝不知羞接受，殊不知「回歸」一詞，該是以前寫出名堂，封筆許久再湧風波，方能稱得上，而我以前寫得不怎麼樣、現在亦然，只能以「學生」身分自處。但畢竟藝文界待久了，有點老樣子，要認認眞眞當回「學生」也眞是有一點筋骨痠痛問題，於是只能偷偷學習。

陳怡芬、林瑞麟夫妻是我在二〇一九年底學招的對象。非常湊巧，我於二〇一八、二〇一九年時報頒獎典禮上，連著兩年巧遇怡芬，在我重新寫詩時，怡芬成爲經常請益的對象。我同時也好奇，與新詩界睽違三十年，當下卓越詩人寫成什麼模樣。我曾組織天津交流活動中，有詩人分享到當下的詩不外愛情、蒼白、厭世，總之寫得愈廢了，口碑愈好，怡芬也如此調用嗎？

記得怡芬寄給我寫她母親的作品〈面會〉，以及瑞麟得獎作品〈關於你的質性探索〉。〈面會〉寫母親的老、子女的關懷，加入現代化的遠距科技，劇情與意象走得近，主觀客觀融合得宜，我當時內心哦的一聲，不厭世當然也可以成詩。而在不厭世的同時，怡芬以髮夾彎形式，一次次峰迴路轉。

這樣的警覺或發現，肇因我依然問心有愧，怎好幫怡芬寫序啊？我轉念一想，我不如來瞧瞧她怎麼面對新詩，以及親近它們、書寫它們。

《迷宮之鳥》分成四輯，按我觀察，輯一多涉及愛情、輯二自我省思者多、輯三該是輯二延伸，更重視內在秩序並探勘寫作、輯四以見聞爲主，以風景、遊履等作爲柴火。四個主題，約莫是人近中年的方向分歧。我羨慕怡芬可以爲愛爲情寫詩，爲情愛所困的眾生求索解釋，詩集第一首〈受困雨中的主詞〉，不願意去想的想，都是情不由己，因爲「用記憶防腐劑封存的／那個吻」，已讓身體布滿味蕾。〈一個單音節的嘆息〉一切美好都可以平分，可爲什麼當「你」以「愛」爲我命名以後，「我」漸漸習慣於「你」的沉默、「我」的靜默？

愛情的等式不就你跟我？然而，中間那個等號可以暗度陳倉，你少些、我多一點了，斤斤計較本就是愛情的本質之一，跟著的〈問事〉，以民俗入詩以外，爲天下有情人提問，更加強硬、尖銳。

輯二〈隱困惑〉，時光一去不回哪，十七歲怎麼辦、二十七歲遺失在何處，只能「把自己揉成一本蹙眉的日記」；〈交換——致美人魚們〉，「結痂的地方，再也長不出／華麗的尾鰭」，神話與魔法都難以換回或者喚回愛情長出雙腿、踏上陸地的感覺。輯三〈窮途〉，「文字如鏡，而我／羞愧如紙」，這幾句很有意思地點出詩人之所以爲詩，在面對、坦承、對抗，而關於這些心底話，一一陳述彷佛裸身，然而怎麼好意思如此直截。

這些貼近的人事物，都是提問根源，似近而遠、似是而不是，最初發生近處，然後再發現紅塵諸事大吉的同時，小善小惡也並行不悖，這爲輯四的遠遊省思提供延伸基礎。

主題著眼於關心的尖點、觀察的全面，峰迴路轉在語態以及書寫的姿態。

怡芬厭倦被一眼看盡，作品當然排斥被幾眼看穿，峰迴路轉、也就是「髮夾彎」，如果彎處盡頭，路跟路直接銜上，不就省時省事，只是寫詩並非截彎取直，尤其怡芬鍾愛文字的歧義性，一等於一，等號兩邊如此蒼白枯燥，這是多麼無聊呀、這事也違背美學初衷，所以習慣爲作品分家，表象、意象；最好再允許夾層，隔好上下鋪，每一個讀者都能夠依循秉性，找到與新詩的棲息地。

製造歧義的同時，怡芬經常體貼地以素樸、直白，當好稱職的嚮導，〈流火九月〉，「秋意已決

／撕掉日曆裡的九月」、得獎的〈永晝之咒〉，「夜發出沉濁的呼吸／眞理委身於黑暗靜靜睡去」……這些色澤偏亮的字句恰恰成爲往下閱讀的手電筒，並且發揮平衡作用，讓一首詩在緊、密之間贏得節奏。

怡芬作爲寫詩的女人，同時也是漢子，敢於驅動感情，並以理性約束文字法度，字句的彎轉特別鏗鏘，只微微減速就能通過轉彎。

這是怡芬第一本詩集，與我的第一本詩集出版時間依稀，寫序，新手祝福新手了。〈迷宮之鳥〉寫著，「有人說語言是密室／撲翅的鳥找不到出口」，我看到的是，她已經出去了又再回來，永遠困住自己，再解困，正是峰迴路轉髮夾彎。

輯一　一個單音節的嘆息

受困雨中的主詞

我不想你，關掉聽覺
將你擠出這場喋喋不休的雨
傘，虎斑貓，鑰匙，蝶豆花
詩集，鋪滿灰塵如時光的書衣
灰塵下你的指紋，手漬
一切都在

雨一直一直落下
預言了季節
我像根莖類一樣在沉默裡發芽

你的舌是運送詞條的履帶
說謊可以很輕易
像一顆發泡錠投進水裡
命我仰頸飲下

雨勢益發壯大，詞語不再晴朗
我僅是一枚動詞，搓洗著馬克杯上
用記憶防腐劑封存的
那個吻

皺了

暮色矮了一截
燕子的尖細尾羽
擦傷天空

客廳、房間、浴室
盆栽慵慵的陽台
滿城燈火點亮
推翻了夜晚

你不在那裡

不在這裡
寂寞明亮，你的名字
在我的指尖
盛放如茉莉

我末日的寧靜
正被一個筆誤
揉皺

影響

這夜尾韻綿長
梔子花忍不住告白
媒合葉脈與輾轉的露珠
落下清芬的滑音

月光突然竄出
落地窗恍惚亮出了底牌
畫眉的女子像一篇野櫻色的晚禱文
在鏡子裡單薄

一幢遠方的流火
被一個失速的名字點燃

翡翠樹蛙飽含暗示
以腹語朗讀樹影般晃動的情詩
聲聲，慢
每個字詞底下都是深淵
都有開闊而完整的疼痛

落花擲地
有聲
在一次肩帶滑落的時間停格
光陰一吋

惑於月色惑於夜的詞尾變化
我與我的神失聯

一個單音節的嘆息

山櫻與波斯菊
平分春天的姿容
烏雲與軟雨平分
一小片樸素的天氣
我們平分一張嫣紅的傘面

從傘沿到相觸的肩幅
是心動的距離
它舞踊
依順著呼吸的節奏

不能平分不能整除
餘數在微溼的眉睫無限循環
不必然往復於耳唇之間
不要輕意喚起聽覺的刺蝟
你們爲它命名，愛——
一個單音節的嘆息
在空氣中懸浮氧化

哎，因爲安好
它始終沉默
一如體腔內的器官

問事

I．立夏以後

日光越來越長
黑夜遺失在故事的摺頁
此刻是誰與你串供一夜好眠？
雨水如你支吾閃爍
當強光曝白，時間掉進
謊言的迷宮
宜：安床　忌：分居

II．在小滿與芒種之間

她的稻穀結穗
我的花期已過，子房荒蕪
像未及移植的盆栽，揣測土壤
以及生活龜裂的卦象
是否？逾期採收的愛情
枯癟如已讀不回的訊息
宜：穿井　忌：破土

III．秋分

白晝和黑夜等長
記憶和遺忘等深
思念飽滿的時候，不要伸手
指向月亮

月亮收割耳朵
傷痕是一條截彎取直的河道
夢裡無人看守
我用盡整條河流的意志
可否不再爲你日夜氾濫？
宜：立碑　忌：月破

IV．霜降之日

冷鋒與人煙在玻璃對峙
白霧悄悄占領窗景
小餐館外有女子腳步躑躅
隔著一次心跳漏拍的距離
我們閃避的目光在眼角相遇

刀叉鏗鏘，你吋吋肢離
五分熟的誓約
卻是什麼令我如一記拱脊的問號
在脣舌間突然老成？
宜：開光　忌：訂盟

V．之後，大雪

門鎖密碼反覆代換
銅質的等待像甕底醃菜
凝結一層層時間的寒害
偶爾衰靡，偶爾神色豔麗
假裝猜不透你來過或是沒來？
說好的春天枝節橫生

草木是你，此後
霜雪是我
宜：伐木　忌：嫁娶

播種

空氣逐日暗啞
明明沒有風
卻傳來緬梔香氣的詞語
彷彿誰遞送的密碼

一次又一次遇見
機遇是必然的偶然
充滿啓示，就連錯身
也像是待解的神諭
在時間的圓周裡

你的名字強勢拘提了我

天又黑了，馬不停蹄的黑
日子是除不盡的餘數
我如芭蕾女伶般憂傷
上緊發條，生活僅是音樂盒裡
一曲反覆的獨舞
或許我可以鋪就細節
以文字分行
供奉你

語意晦澀的手指跋涉過
眼睛、鼻梁和唇

一條多義的河流
多麼豐沃，你的眉稜骨
適合在雨和春草之間
種下第一個隱喻

隱喻是罪犯
偷渡迷走的內在聲音

拉鋸

那午後那藤蔓那斑駁的牆鏽蝕的窗框
那泥蘚色澤的時間胎記那語言的蒺藜那陣風
風惘惘在她髮漩打轉弄亂挑染的線索

那人那鬍髭那眉宇間的瘀痕眼神的曠野
是一種戰艦灰可以擊落一架飛機那沉默
在空中盤旋

那鳥的迷航季節與季節更深的縫隙
那琉璃之心那空空的掌心守不住的讖語

愛與不愛是繩子兩端
一邊拉扯一邊取捨

盡頭一條日光長舌呑呑吐吐
舔過，靜靜
產下了影子

假寐

我或許是睡了
窗外有風
像你的鼾聲
比打字慢一點
和雲一樣輕
輾轉於兩次睡眠的破綻之間
此刻，貓躡手躡腳地
在砂上作畫
恆常的線條，一對蜻蜓
弓著身體憑空交尾

你轉身，唯恐
再一次凝睇日影就要瘦了
觀音蓮卷絹醒在
鋼琴的第七個音階
一陣風翻動樂譜
啪噠啪噠，似你的腳步聲
我始終閉著眼
一些複數正安靜地分裂
門打開
秋天走進來
巴赫無伴奏

枕蜜

我們並肩躺下
話語像一列夜間火車
駛過黑色的平原

你輕聲叫喚我的名字
唇舌摩擦出呢喃的音節
讓它們在枕上飛
飛抵我聽覺的曠野
星宿是神祇點燃的瑩瑩火焰
照亮愛人的眉眼

黑夜是內在小火山好噴發的時節
驚嘆句挪移情緒的動線
疑問句使身體慌張，弓成一個疑點
假設句波折如胎動，微形而劇烈
有時分娩出一首敘事詩

話語不是思想的葉脈
是歲月蔓生的愛之葛藤
在夢的邊緣，熟睡成一枚緋紅果實
你的鼾息是月下羊群漫漫前行
揚起小蹄，翻過露骨的背脊
到我的耳朵穴居

岔口

在冬天，我們何不偎著日光行走
一字一字，梭織羊絨的語法
有時停下來，等
一個爆衝的句子垂直經過

你搓著手，咂咂嘴
愛是比熱可可還燙口的事
安靜的苦，收斂的甜
你的眼神藤蔓般纏上來
像剛從脫水槽裡撈起的衣褲

欲望和意志完美的糾結

街樹哆嗦著描出一條
欲說又止的脣線
你的路攤展在眼前，且讓他人走
我仍是那隻負罪的龜，馱著碑文
踱過一千個春天

風象

海水滾沸發出鋸齒狀的嘶鳴
一艘船駛離了碼頭
尾音暈眩，跌進浪裡
水花寂寞地搔刮耳膜

我來到昏寐的港邊
沿著貝殼灰的氣味走
把海岸線歪歪斜斜地走遠
當成是你獵獵而去的船舷

天空安於色號吹奏出的藍調
漁汛安於洋流
你安於尤里西斯的漂泊
安於蜂蠟和忘憂果

風無邪
幾分痴，幾分閒
飛過你航行的經緯
仿擬光的筆觸
返回我的髮茨間，狂草
一張祕密航海圖
圈記著你夜燈微醺的露臺

不見不散

天涼微雨，降半音的黃昏裡
兩支傘在偶然的移動間相遇
「好久不見！」
「你好嗎？」
疲憊的嘴角垂掛溫軟深陷的意識
也許騰出一杯咖啡的時間
縱容黑潮推擠舊世紀的冰層
半糖，微酸，冰滴眼淚
認領曾經，然後離去

善男子善女子始終沒有擁抱
罐頭音樂垂直降落下來
轉身，走位記憶的景深
上演自己的內心戲
「他的口氣帶有癱瘓的橘子味道。」
「欲仙欲死愛過的人淪落爲一棵捲心萵苣。」

各自經過三個歧路岔口、二十七支站牌
一千零一秒與寂寞擦撞
時間是黑色的變奏曲
眼瞼虛掩一座無人電影院
情節繁蕪，敘事簡潔
「那件裹著他／她的體溫
的羊毛圍巾也許應該扔了。」

一再與安靜錯身

雨季過去了
陽光即席，風比雲輕
翻開一些折讓的情緒
密密麻麻圈點著
又損去日期的行事曆

寂寞妖嬈，不慎露出一截尾巴
招搖著昨日光影
你的手腕內側嚙齒般細碎的咬痕
曾是我執意漂流的沙洲

一日一日消蝕
逐漸斑駁的海岸線

前景橫亙
機會走到了命運待轉區
反光鏡裡的隱喻被誰偷偷擦拭
愛情僅在一步之遙
別過頭然後加速離去
沿途輾碎幾枚語意未明的號誌

羊蹄甲篩落市聲反覆的旋律
窗台前黃粉蝶飛過，搧動
一場無聲的暴動

轉生術

思念如烤焦的土司邊
喉間鯁著極度乾燥的字眼

反覆吞食與你等量的酒釀甜
發酵的氣味從胃袋竄升
至前額葉，娩生一株黑色勿忘草

反覆讀那首艱澀的詩
直到所有的字一筆一畫長出爪牙
戳痛雨水淋漓的眼睛

指腹滑過海，爬梳過山
反覆熨貼漸漸冷涼的記憶
遺忘是一道悄悄拉起的封鎖線
羈留我在無人讀取的荒圮語境

像是一種轉生的咒術
你的脊骨有我未彈奏完的音階
日日夜夜我反覆誦唸著你
的反反覆覆

輯二　結痂的地方，長出華麗的尾鰭

走失

不在。
門裡門外門縫中，它不在那兒
敞開的經書日光爬過詰屈的徑道
靜靜伸展筆直的韻腳
揭諦揭諦波羅揭諦波羅僧揭諦菩提薩婆訶
藥丸，粥糜，色聲香味的迷宮
亂碼與醒睡之間
它不在那兒

停在斑馬線上你切切尋找

前方有獵鷹，後面是捷豹
倒數的綠色小人快步跑向邏輯、認知與抽象思維
交會的虎口
一匹野馬鼻尖發亮嘶鳴而過
向左向右向後看，你愈走愈遠
倥傯的十字路口彷彿歲月的荒原
拽在袋裡的街名，行事曆，昨日的臉
和那疊厚厚的從前，在往復的路上一一遺失

操場上放學的孩童麻雀般挨擠
你看見彷彿有人坐在鞦韆上
缺牙的笑聲盪得好高被雲張口吃掉
手上握著的冰淇淋和夏天一起融化……

夕陽的力道比孤單重
輕易將你的背影拉成一道弧形

時間順著橡皮擦的方向努力擦拭
走過的足跡，身上佩戴的名字和數字
所有符號都跳脫指涉，徘徊在敘說的歧路
海馬迴裡的錄像被快轉消磁
——沙沙，從此寂滅
你回到時間之初，如新生的嬰兒般
光裸潔淨

看見——記黃斑部病變

海上霧起，揉進我的眼睛
帆船漩入波浪的振幅裡
光影曲折，虛構渙散的情節
糾纏的網罟釐不清生存的本質

在世界按下熄燈號以前
我走向十七歲的司令台
手部線條洗練
反覆拋出迴旋和休止的指令

也曾想起水草色的天空
躍過火圈的海豚，魚群擺尾
想起陽光下她像柴郡貓一樣淡出的笑臉
想起所有讀過的書和劃線的句子
班雅明的童年裹著冬日糖蜜烤得焦黃的
勝利紀念碑

從未想過前方如此趨近，透明而深邃
被逼視成爲手的撫觸，指尖的迷霧
我摩挲生活失去遠近如陶罐般粗礪的質地
以耳朵打撈支離破碎的拼圖
鼻翼翕動，逡巡六月向日葵花田
頭肩膀膝腳趾，細胞不斷增生

掌心耳蝸舌尖和鼻子
身體逐漸長滿了眼睛

記憶是時間縱深裡質量不滅的光
像一隻貓，我覷瞇著多疑的瞳孔
以指爪刨抓日子與日子之間
些微的光度和色差
沿著牆角蔓生的青苔
撤防到無光害的時區裡
重新丈量
和生命曖昧拉扯的距離

永晝之咒

第七十八隻羊踢開希普諾斯的權杖
他宮殿門前的罌粟已開謝三次
風偷來貓的前爪
以花腔女高音的顫音輕輕刮著毛玻璃
我不起疙瘩，不生暗鬼，不說
來自遠方的沙塵暴掩熄星光
灼灼的眼睛就要發射出
兩枚地對空飛彈

我終於感染一種新的困境

身體與靈魂之間時而恐怖平衡
時而孤立主義
分裂的孢子如春天粉蕊
令我流淚，令我過敏
戴上口罩戴上面具
戴上寫滿咒語的護身符
我逐漸對更美好的明日產生抗體

夜發出沉濁的呼吸
眞理委身於黑暗靜靜睡去
用唾液養大的指數，虛胖
搖搖晃晃反哺著眞實生活
我們且各自權充成一個數字

像彩球滾落的瞬間，令一些人痴頑
另一些人哀眠

薄被如地衣平整覆蓋住我
我多皺褶的心情卻未能攤平
一些事件吵吵嚷嚷在時間中列隊
彷彿串在棉線上的念珠被無明之手
撩撥於轉瞬，神靈也哀愁

曙色初露，光滲透
永晝的夜熬成咒
你醒了嗎？
來，快把羊群拴離我的枕邊

我懷疑牠們會像吃草一樣
嚼碎我的夢

註：希普諾斯，希臘神話裡的睡神

交換——致美人魚們

夕陽下我哼唱女妖賽蓮的歌
歌聲是脣齒間跌宕的欲望長出翅膀
像一隻離群的燕鷗疾疾飛旋
抵擋不住血橙色的蠱惑

一雙腿打開關於愛情的所有想像
我願意以聲音交換，即使
走在現實的粗礪上連呼吸都疼痛
爲了成爲你的族類
我也可以交出：我的命運

姓氏和靈魂的氣味

時間無語，一枚蚌緊咬的心事
不能輕易袒露
沉默是最冷僻的修辭學，彷彿窟窿
彷彿魚群隱身在珊瑚叢

霧笛鳴響釋放了禁錮的記憶
我匍匐於生活的岸吐出一個個
日子像泡沫
身體蓄滿聲音像漲潮
結痂的地方，再也長不出
華麗的尾鰭

隱困惑

記憶的一截斷層
破碎又完整
十七歲像等不到主人認領的失物
被遺棄在洪荒之外

書包裡卡謬的眼睛彈出陌生符號
年輕的身體藏著異鄉人的靈魂
不去記住那些嬉鬧穿過的臉孔和名字
青春兇猛，你如影子
一個在場而不具實體的存有

始終只有那個名字
流光以黯青淡筆速寫他的側臉
你的瞳孔映照出一道鑲金倒影
鐘聲和走廊，心底竄出幼嫩根系
顫顫探向水聲

目光追擊，像詞彙初次綻放
進入一首詩的內核

白步鞋的放學行伍間
追隨對應的本體，不遠不近
恰好是一隻水鹿

凝望豐美牧草的距離
不與人說，把自己揉成一本蹙眉的日記
鎖進時間禁閉的抽屜

面光或背光，消瘦或臃肥
影子貼身，以隱喻爲衣
關燈之後，爬過光與暗辯證的地景
和你合體

流火九月

像極了從前
季節黃熟
白露自小葉欖仁枝頭滴下
滴答——
時間腐敗前的氣息
一些密語在身體裡
夜間飛行

鳥瞰
濃密的黑

已不主張反叛的力學
避免碰撞怯懦的骨髓
讀取僅存的盆栽和辭海
讓語意自我分岐
破擦出繞舌的火花

秋意已決
撕掉日曆裡的九月
仍有四分之一可以翻越自己
繭與掌紋攤開新的命題
延宕或虛蛇
都不可能

日子和睡意一樣稀薄
眼睛閉上，夢掉下來
像許願池裡的錢幣
鏽綠啞默，記憶成爲鎖孔
被遠去的背影辜負

孤寂串流

看我，以黑幽幽的魚眼
看我解除密碼，開啓恆常的一天
看我淘米煮飯，不小心
瞌睡把歲月熬成一鍋
焦掉的粥

又吹南風了，屋子在流淚
我的眼睛也反潮
杜鵑，蜀葵，矮牽牛，依序開花
番茄纍纍，正好適合燉牛肉

沒有人回來也沒關係
你們一直都在那端看顧，我

不孤單，面對鏡頭
就像看著你們的眼睛
笑了，是不是
笑得像一碟失色的醃菜？
你們看砧板上持刀的手
切開洋蔥如切開記憶的薄膜
淚了，夜色
再度覆蓋受傷的白晝
我緊閉門戶看守自己
連夢也收束得一絲不苟

時間的水面偶爾興起波瀾
熄燈之後，你們看不見我
意識的流動
比蛇更邪祟的命運伏兵
正一波又一波滲透我的防線

年輪

風切過窗口
黃昏的胭脂珠光如楓糖澆下
摩天輪遠遠看見她
五官逃逸，與鳥獸俱散

荒不擇路的眼睛
爬滿嗜甜的螞蟻
沿著一匝一匝脈紋
搬動她閃藏的記憶碎屑——

棒棒糖、圓軸、離心率、彩色汽球
摔飛的青春，不老。

他的笑聲從牆上的時間中炸開
亮晃晃的像謊言
帶著玻璃質地

天空咳出最後一口瘀血
未點燈的屋裡，輪椅靜坐
一道陰影爬過額際
像她長得要命的一生

停火

他們之間缺少連接詞
隔著沙漠與沼澤
舌尖的錐子鑿出閃電雷霆
擊傷夜空的月亮，以及
門後偷窺的孩子

生活繁殖出經年的雨季
黑白婚紗照與牆面一同癌變
他的手錶、栗鼠灰大衣、紅標米酒
和兇狠的話全被施咒，打包送走

她用剩餘的時間練習
忍受一種漫不經心的痛

省籍情結曾經別在母族的胸口
愛情與糧餉同樣經不起消耗
夢裡她聽見軍靴的聲音涉渡海峽
踩踏窗外的落葉，窸窸窣窣
像孩子早已不愛吃的玉米片
他不說話，嘴曾經是砲口
習慣發射猛烈的戰火

而沉默是更疏闊的海洋
兩座孤島遙遠相望

黑暗中他凝視著
她的頭髮失去了好戰的顏色
空洞的眼神可以掩埋春天的野兔

被時間省略的話語長出新的傷口
擦拭他的臉，冷硬的玻璃平面
映照一朵朵嘆息

穿過香煙裊裊
「最近胸口老是悶痛，你要保佑我
不要成為孩子的負擔……」
一炷香埋進香爐，他站在燭火裡
升格成為庇護她的神

聖筊跌落的深遲黃昏
疲倦如自體循環，正在消亡
她像隻鴿子歇腳
在來不及用印的和平協議上

過了一半

秋天沒有法則
氣溫顛簸
於白衣和青衫之間
太陽無心
畫不成圓
蟬聲都已陳舊
催寒彩虹旗下飄搖的
一截念想

基因隱晦，如焰如咒

語言如靈，老死的詞彙
使鏡子羞慚
我們對望，互爲表裡
成爲彼此的病兆
在夜晚長出的傷口上
練習像彈性繃帶一樣的
擁抱

維持寂寞的方式

有一種寂靜，肥滿
逼近耳膜，喋喋不休

女侍遞來幾款
聲形甜美的微笑
像仰角二十三度的軟太陽
斜切過杯沿淺淺流動的日常

耶加雪菲是爲自己點的
卡布奇諾給我的

幽靈朋友

這是我一個人的午茶儀式：
拍照
打卡
上傳臉書

在時間逐漸冷卻的水面
桌上一疋薄光，兩只杯子
從不劇透人際的荒涼

恐懼

一座未知的深淵不見光
它盤坐，以慾念果腹
滑溜如蛞蝓爬行
專門徵收光潔的額頭

無法從筆直的陳述中快篩出來
如病菌在唾液中蔓延
直搗大腦，啃噬前額葉
把支吾的言語嚼成碎片

爲宿主遮去眼睛
戴上善疑的多焦距隱性濾鏡
從此疑神疑鬼疑家疑室疑情
別戀，不斷地懷疑人生

而我們總是背對著它
把靈魂讓渡出去

嫉妒

一種酸蝕現象
齒縫中的餿味
從心底那個鐘乳洞
冷冷逸出

眼看他起朱樓
眼看他宴賓客
等不及看他樓塌了
繁華落盡紅顏老
是一帖長效型的抗敏複方

有時是強迫症
像新鞋鞋面上的踩痕
越擦越髒
越沉迷

慌

夜清晰可見
屋內一盞燈流洩出來的祕密
不可言說，那是靈的類屬
警笛嗚咽一路駛向耳道
我的聽覺無色
飛出嗡嗡蜂群
螫紅眼睛

風言風語
在夜的背脊兜轉圈子

所有的拍擊與敲打都是暗示
政客的唾液線
足跡的虛實線
交錯在世界不知名的角落

一天又一天，人們被號碼檢索
被疫疾馴服
躺下，安靜地躺下
諸神的九十九滴眼淚將爲酷暑降溫
死亡不需要竊竊張望
它就站在對街屋頂上
眞理的對立面

月亮薄倖的一如紙片
可以任意虛構謊言
謊言重置我們的知覺空間
為現實秩序拉出新的動線
大面積的恐懼在口罩內增生
寂寞的菌絲在眼底
咧嘴

炙熱的告白

我們之間需要介質
讓摩擦發生
向普羅米修斯借來歷史的火種
烙印渠道縱橫的紋飾

甘蔗酒撩撥火焰的羽翼
醃漬我以鹽粒，以整座礦脈的結晶
炙燒我，動用一把火箝的尖喙與意志
你的凝視有遠方的狼煙
穿透我迷迭香般瘀青的肋骨

炭火漸漸羸弱
我們解除對抗，聽見
時間熟成
一片一片剝落下來

慾望在文明的胃腸裡
毛色豐潤
我如蜜緩緩流過你的血脈
行經舊日脂膏

淤積從來不是一次性
臟腑倥傯的罪

輯三　失散的蟻群，因一截風聲而噤語

她是我針尖上的擬像

在字距的微光中行走
鍵盤上有鴿子
紅色雨滴。失散的蟻群
因一截風聲而囈語

蜚語沒有翅膀，飛得又遠又高
我在風中如柳絮顛狂
抵擋唾沫，箭矢，菌絲般的喧聲
咬著筆桿捍衛靈魂書寫的自由

妳是麥田裡散步的勞兒，是落水的
奧菲莉亞？
執念與瘋狂是一對憂傷的孿生姊妹
妳穿戴欲望入座，踩進
詞語間泥濘的窟窿
擁抱一個哀豔而荒蕪的幻影
妳是妳，妳亦非妳

蘸著夜色，我指藺敲出的細明體
恍如針尖上的擬像，挑痛誰？
妳只是恰巧和她一樣，讀了同一首詩
或者只是——
剛好磨利了一把戰鬥的刀稜

她瞳孔裡的憂懼是我
她腳底下被磨傷的隱喻是我
她肚腹上呢喃的銀白經文是我
愛嗔痴怨與徒勞都是我

我是她。
而她不是我，不是妳
她屬靈，是鏡像，是魅影
當她走過字詞和語法蔓生的草叢
踩壞許多關係名詞
不無惡意

註：1 勞兒，出於《勞兒之劫》，是莒哈絲書中所有女人的原型，因被愛人所棄而癲狂。

2 奧菲莉亞，出於《哈姆雷特》，失去愛及喪親，以致瘋狂失足溺斃。

迷宮之鳥

我的聲帶繭居
逐漸習慣單音節的生活
你卻齒列生熱
超載鐵繡色的詞彙駛向我
啪搭啪搭，像是整個房間
鳥羽墜落
饒舌的心靈始終被雨點錯譯

有人說語言是密室
撲翅的鳥找不到出口

我們舌間馴養的小小鳥
有時傾向於自閉
喜歡靜靜地彼此舔舐
在月牙留守的窗口
令一枚吻去校正失義的造句

我承認我的確被迷惑

一陣響雷劈下落在概念性的瞌睡裡
讀詩的時候一點點
一點點暴力美學是道德的
沿著虛線，拿出預藏的小刀
慢慢割開相連的紙頁
像解構一對異卵連體嬰的肺葉與夢
小心沾黏，salsa不是殘次品
毛邊弔詭傾向於神祕主義的海岸線
窺覷是無可避免的
切口參差是猶疑的參數

後現代的「表面藏著一道拉鍊」
打開內裡字句裸露
意象歇斯底里地出現
瞻之在前，忽焉在後
指尖摩挲，靈魂
釋出龍涎香
心臟 salsa 地跳舞

註：1夏宇詩集《salsa》是一本毛邊書，切痕不一，有些頁面相連，閱讀時要先撕開或割開。
2「我承認我的確被迷惑」、「表面藏著一道拉鍊」均出自夏宇。

躑躅，介系詞

我在
日光咬嚙的窗口，在意念
擁擠而易碎的鏡像中
在書房、咖啡館或桌前
指尖躂躂的音節裡
敲響遠方
分行的遺址

也許我從來不在
這裡或那裡

此生，躑躅的不過是——
一個介系詞

在時間廢棄的遊樂園
倪摩瑟妮，我被妳靜置
像失去電力的猴偶
尚未明瞭節制的意義
我撥開詞彙的草叢
卻又掉進字義的窟窿
詩是誤讀的麥穗
總是結實纍纍

註：倪摩瑟妮（Mnemosyne），希臘神話中掌管記憶的女神，九位繆斯之母。

窮途

半壁殘破的簡冊，高承載
一座顫巍巍的春天
我如一枚虛主詞
被擱置在冗贅的複合句式裡
黑色的瘀血是滴在書頁上的刪節號

文字的貞操不容懷疑嗎？
在字與字間的曖昧交合中
在歧義的海洋深層產下千百個卵
逆著光，讀不出閃爍其詞的

是眼淚或是鹽味的修辭學

我折一枝形而上的麥桿，寫下「愛」
省略去心，落在緋寒櫻初開的花徑成爲指涉
我的愛已是死亡的辭令
卻掀動潮汐令鳥群疊飛令你心跳狂野
文字如鏡，而我
羞愧如紙

撿骨

梅雨依舊多情
在美學與直感之間
我傾倒夜色為你寫詩
那是骨質疏鬆的散文體。你如是說
詩意潦倒，動用六百二十五個喃喃字語
餵養水鳥的想像力

夭折的詩骸埋入時間深處
根鬚抽長，結出豐熟的孤寂
而我日漸消瘦，瘦成了一行詩

孱弱的思想骨架再也撐不起
詞語的華袍

此後我定時服用一帖濃縮典籍
針織各色魔幻的喻依，嬉遊
於意象拼貼的紙迷宮裡，猶恐
活得像一句俗濫的俚語
被詩厭棄
無法指認的脈絡比星軌眩惑
你說誤讀無非是一場
夏蟲與寒冰的牽繫

繆斯無罪，點燃慾望的燐火

隱喻在光年之外暗地還魂
我如聖甲蟲般蛹化
完全變態
夜夜逡巡文字的墳場
截取幾段猶存的詩骨
——死生，在此
消長

破夢

我夢見
被夢劫掠
成空
胸腔鼓脹
一顆顆爆裂的肺泡
嗶啵嗶啵崩落
無聲喊痛

空無向我攤開掌心
脈紋饑餓

在靈魂荒原撒下黑色種子
靡麗的花結出
虛妄之果

秒針失語彷彿
走出時間邊界的破折號
濃豔的體溫驚動咽喉裡的水草
陷溺的身體就要說出
欲望。藤蘿。前世雨水。
一頁折舊而逼仄的心事——
像那首寫壞的詩

罌粟花從枕畔開到窗前

我初醒於不眠的夢
抽出一道日光將自己擊碎
它們飄散又聚攏
變成撲翅的鳥，在晨間唱出
整座森林的意志

孵

粉蝶與豆娘交錯飛舞
意外殺青了幾行未完的句子
雪在燒
花白了整座山頭

池塘裡，午後的光輕輕晃動
揉散水底和生活的淤泥
紛紅駭綠，所有顏色逐漸顯影
開始呼吸，以抑揚格的節奏

詩心夭夭，意象的毛邊如漣漪
朝著風騷動的方向蕩出音律
水面落花紛紜
沿著蝌蚪的聲線孵化
一整頁光影的修辭學

輯四　纏眠在漩渦色的時間

白色幾何

白色，雪一般耀眼的譬喻
我們移動其間
通過城市圓心
成爲一條款款拉扯的切線

悠緩的車速與風平行
行道樹沙沙證明夢的方程式
我們的視線相交於歷史與文明
最後的懸念
夾角裡靜候的濃蔭，午茶，留聲機

咖啡杯裡日光晃漾
一不小心就要滿溢出來

我開始相信，相信此刻
就算我們都是孤獨的質數
晴天和愛情會成爲永恆
如同歐幾里得定理一樣

而我們終將拎起昨日離去
趨近日常，或
前往另一個故事的景深
關於那些來不及演算的
幾何習題且複寫於藍天

解答留白

註：2019年3月初於台南美術館二館甫開幕時一遊，對五角幾何造型的白色建築本體印象深刻，謹以此詩為誌。

框景

冬末，寺前梅花疏落
彷彿殘雪
啞藤，野蔓，老牆，光圈
此時繁華皆已落盡
新色仍踟躕在慎微的溫差中
我亟欲探索的眼，流轉於
塵俗與禪機之間

枯樹下小女孩雙手合十
乳香以上，泡泡糖未滿的年紀

與等高的釋迦牟尼佛對視
眼神清亮，像是堅定的相信什麼

快門連響，獵槍般擾動神靈
凸透鏡猶如旅人的複眼
剎那間被框限的風景，繫留
或是僭造了我的視覺記憶？

她未曾涉事的黑眼睛
看見佛陀，而我
總在轉身之後恍惚
的既視感推遲著那些年
被格放的稀薄光影

貓著的漁港

穿越一場雨，我們噤聲
呼吸險險露出了破綻
曾經狂躁揮汗的雨刷此刻
安靜地躺下
海浪恍恍打著小盹，釣客闌珊
如幾抹無意撇捺的水墨筆劃
船上的外籍漁工偶爾交談
話語很快就被海風囫圇吞下
不遠處山坡上面海的紅磚屋

被掏空了心房，光陰
在牆面長出霉綠的屍斑
一道白色影子閃過
從窄窄的門縫裡探頭
眼神透出狐疑的澹綠顏色
喵嗚喵嗚的聲音
叫房子活起來

車身的雨滴已經風乾
沒有人知道它遭逢暴雨如貓狗突襲
漁工黝黑的臉上沒有陰晴
沒有潮汐也沒有礁岩密布
沒有人知道當螺聲駛過生活的海浪

如何把夢的鱗片一一刮傷
我從貓的眼神裡撤退
喵嗚喵嗚
那聲音彷彿一直在說
最藍的海
藏在耳朵裡

綠石槽

去年冬天季風來過
爲我這瘦削肋排般的身體裁量衣裳
春天我便擁有一襲季節限定
燈芯絨綠石蓴繡線的新袍

五月，風一口氣吹亂你的髮
我日日被摁上新的印漬
你在我婀娜的腰線
跳舞，踩著我向腳尖俯首低語
踩著我的痛親吻她的笑

浪狂奔而來，怒嘆
新衣才縫補好又再次綻線

你轟然離去
在我心上種下鞋印
錯落且凌亂，一如埋下早夭的伏筆
說與不說，我吞忍語句日益蒼白
裸體獻祭下一個季節

註：「綠石槽」是大屯火山噴發後遺留的火山礁岩，受到海浪長期沖刷，逐漸形成縱向溝槽。冬天東北季風盛行，海浪滋潤石槽岩面，到了春天石蓴等綠藻便大量孳生，隨後在夏日陽光曝曬下逐漸白化消失，而人為踩踏亦會加速白化死亡。

窯變——訪宜蘭磚窯

火焰亡滅已久
日子或晴或雨，紅磚上
孳息意念的青苔
煙囪不再昂首
噴吐瀰天的塵煙如流光迭散

鳥雀，頭顱從牆縫中探出
啁啾著百年盛世
磚窯封口，終究不懂
時間嗶剝的裂變

空洞的眼神
像被割開的馬口鐵罐

你也不懂我素燒的質地
蛾在指間霾色嗆失了方向
滾燙的掌心緊握一顆
愛情的舍利

在我黑瞳裡的憂悒城邦

黃昏沉沉崩落下來
一座憂悒城邦在我的黑瞳裡
幽幽地醒轉
彷如預言之於夢境
蕈孢之於斷垣
苔衣死生細瑣
圖說陰晴的眞相
樹冠，紫蟬花，一枚蝶吻
時間以光度默寫記憶的版圖
我是疲倦的旅人，仄行於

時令和風向交錯之軌
偶爾途經，不被授權去跋涉
關於一堵牆的身世

夏，旅次

登出
從頻頻累格的日常
鍵入雲端密碼
山林，溪谷，島嶼以及昨日的
齟齬，便浩浩蕩蕩地遠離

準點。不容許歧義衍生
將空間攤平
讓指腹貼近細節
一條日光大道穿過經緯走來

撕下路的截角
向時間擠兌幣值
切換飲食和語言模式
玫瑰唇瓣噘起呈全形
對著鏡頭說啾咪

七月天空眉宇舒展
是嬰兒眼睛的骨瓷藍
我們分食一顆溏心蛋半流質的話題
行走以貓步
如兩行詩的韻腳
輕輕躡過旅人的皮屑和勃肯鞋

時差在地圖深處淡出
你打開一扇小小的視窗
爲夏日補遺
我迷途於你眼底
最深的海

格外曼谷

那口箱子，摺疊過
疲憊的體味
矗立牆角像紀念碑，在日常裡
形成一道時空的罅隙
彷若有光，提示著
風塵僕僕的旅途

黃的、黑的、白的、棕色的
男的、女的、亦男亦女的
英語的、日語的、法語的

大剌剌講中國話的……
潮湧如漁汛，而我
是人流裡一顆小小礫石

空氣淺鍍一層薄鹽焦糖
各色女孩比太陽耀眼
豔光猛銳，幾乎咬痛人的視線
我眩惑且感傷於
那煙火青春恍如光害般的美
眼睛再也無法對風景守貞

在抵達與離去之間
烈陽貼身相隨，熱辣辣

好似想烤問什麼
風也不來編纂案情
任由汗水在頸背上潦草畫押
陌生的語言是侷限，也是解放
永遠有新鮮事正在上演
一個血肉飽滿、從不知疲倦的城市
好像意圖誘使人闖禍

衣服上乾涸的汗漬
像蔫萎的花瓣都已洗淨
借來的風景好比借來的愛情
「對不起，沒有位子了。」
年輕的侍者遞上歉收的微笑

我如一串數字
擱淺在色票的沉默裡

繭途

繭裡蹺縮著是誰的前身
我們纏眠在漩渦般的時間
你的目光有一種血紅色的溫柔
滾沸我，我的痛感僅小於火焰
再將我濯洗一遍，暮色
就會褪得更薄一些

燈火像星宿光點連結
織就的都是命運的經緯線
生死和涅槃，無非是自性的變相

我彷彿看見你抿著笑
行經一座豔麗的明天

在未來
未來的旅途或將
以不同的姿態交錯
我願意成爲你袖口那截垂危的綻線
如果可能
請傾身
交換一次不疑有他的暗示
一絲一思之間
春蠶爬過桑青
又肥了幾回

註：在曼谷泰絲博物館遇見傳統取絲工法，抽絲前先將蠶繭放入沸水煮過，以膨潤和溶解絲膠，增強蠶絲的強度。

花見小路

突然踅進了故事的轉折
卻不見妳碎步疾走而來
像隔著一張描圖紙
揣想深巷裡的舞蹈、三味線
和慾望蒸騰的氣息
茶屋料亭前紅燈籠高掛
提示軟語溫香
在雲髻雪顏底下
皺褶妳的雨露哀愁

路的盡頭，古寺意志堅強
佇立了八百年
對著時間的旅人說
大哉心乎
天光太白，我已恍惚
那些魚汛般湧現的人
是不是昨日的鬼

我決定不再前行了
停步在這複寫歷史的煙花小巷
日光蹲伏，陰影晃動
把角色還給面具
剝開素顏的心如一枚核桃堅實

盛裝宇宙和自己

註：祇園是藝伎文化的發源地，花見小路是其中最繁華的街道，保留了歷史的古老風貌。路的盡頭通向建仁寺，興建於1202年，是京都最古老的禪寺，「大哉心乎」為開山始祖榮西禪師的宇宙觀。

廢材

森林深處月光像鐮刀一樣彎曲
你聽，伐木丁丁，其利斷筋
聲聲傾軋夢的鼾息
形貌醜陋是生存的巫術
齜咧的面目正好嚇退山老鼠

你決定逃離那條筆直參天的路
時時停步，撢掉身上
如鬼針草般黏附的幾叢眼珠
空洞的胸坎遂有象群彈跳

滾落大量假痳的韻母

極力避免淪爲他人眼中的
可造之材
拒絕刨刮，可能被打磨成一張床
桌子、板凳、或是其他
等待被分類、命名和標籤化
在誰的生活象限裡
吉凶未卜地老去

無用之用，無譽無訾
你站在時間的折返點上
竊竊以擬人的姿態

給每一隻多情而善疑的鳥獸
哺餵促狹的閃閃靈光

慾望多肉

那傲嬌的家族蹁躚而來
如坐轎的仕女途經六月蠱惑
瀕臨整座季節的凶險
讓七月開花，開出紫色
米粒的豐饒

讓陽光皸裂，讓石頭增豔
讓黃金狐狸兔藏好假寐的長尾巴
讓午後的風掀動裙襬
讓祇園之舞改寫夏天的聲部

昂斯洛徒然抽長
扦插一個玫瑰含苞的夢境
藍色獵戶座越過詞語的防線
爲一組謊言重畫桃色的邊界

在失陷的禁區裡，所有慾望
都將分娩出死亡的駭影
我不能抬頭，不能讓一束光
濺出眉宇的憂患
不能讓眼底的星芒
成爲落葉

註：紫米粒、黃金狐狸兔、祇園之舞、昂斯洛、藍色獵戶座皆為多肉植物名。

仙人掌

穿過你手心的沙
指尖欲言又止的停頓
都是慾望的孢子
隨著溫軟的掌風落地生根
你忽忽喊痛，小小指腹滲出了血
痛和快樂都需要一再練習
雖然我也渴望緊緊擁抱
肉體卻更主張自由

蜜蜂不來，蝴蝶避走

你的眼神偶爾招來一陣雨
整座夏天便在我的體內陷溺
我如此傲嬌，偏要盛綻於毒辣正午
太濃豔的愛是火焰將傷及自身
在趨近與背離
在清淺與豐饒的轉折間
我選擇刺探自己的孤獨

蛇

已經吞下了自己
半截尾巴
在腔體裡默想草叢
仍無法戒斷一次又一次
回填的欲望

吞噬或被吞噬如砝碼
擺盪於天平的兩端
期期艾艾，永遠
懸宕的未完成式

獨角仙

慾望飽滿的夏季
夜行至峭直的山徑
留下枯瘦的遺言
路燈朦朧
光蠟樹枝葉顫痛
影疊纏著影
昨日的夢交疊著今夜的醒
恍如末日武士
演繹一場歡快的祭禮

幽長的蟄伏之後
春雷擊碎生命的蛹殼
黑是質地堅定的隱喻
搖曳迷幻而憂傷的調性
把甜蜜高舉，敘說
一頁所有人都看壞的情事
長戟昂揚，終究
無力斷開
愛與毀滅的迴圈
在夏綠時節

刺客

暗影眼前盤旋，像琥珀
凝結於侏儸紀的黃昏
珊瑚藻被覆海底岩層
當黑夜穿透億萬年，浸滲窗簾
你帶著亙古的記憶，翩然
飛入我的清醒

不要以熾熱的嘴渴望我
不要以邪佞的耳語迷亂我
或許我們擁有同樣老練的孤獨

何妨像鐘面伴隨時光
安靜地共度半截夜色

你不是善於緘默的隱花學派
不是牆上一個錯覺的暫停的頓號
嗡嗡營營，埋伏與躲藏
重組被解構的時間碎片
我的掌心翻轉成空
驅離，是最慈悲的暴行

飛吧，我的夢已遣散
淡化成衰頹的幽靈白
明日，你將在綴滿野花的小徑上

鋪陳細節
迷航的探險者
如四月粉蝶顫動
露出血腥的微笑

附錄

受困雨中的主詞：2019.2.19 中時人間副刊，收錄於 2019 台灣詩選
皺了：2019.2.13 自由副刊
影響：2018.10.3 自由副刊
一個單音節的嘆息：2019.6.28 聯副
問事：2018.2.12 鏡文化，收錄於 2018 台灣詩選
播種：2020. 7.22 中時人間副刊
拉鋸：2019.5.18 中時人間副刊
假寐：2019.12 野薑花詩集 31 期
枕蜜：2020.9 野薑花詩集 34 期
岔口：2020.3 野薑花詩集 32 期
風象：2016.12 野薑花詩集 19 期

不見不散：2016.12.14 華副

一再與安靜錯身：2018.9.4 華副

轉生術：2017.3 野薑花詩集 20 期

走失：2019 第四十屆時報文學獎新詩獎

看見——記黃斑部病變：2017 第七屆新北市文學獎新詩獎

永晝之咒：2019 金車現代詩詩獎

交換——致美人魚們：2019 第十四屆葉紅女性詩獎

隱困惑：2020.2.25 中時人間副刊

流火九月：2021.9.5 聯副

孤寂串流：2020.4.5 華副

年輪：2018.3 野薑花詩集 24 期

停火：2021.6 野薑花詩集 37 期

過了一半：2018.12 野薑花詩集 27 期

維持寂寞的方式：2017.12 野薑花詩集 23 期

恐懼：2021.8.30 中時人間副刊

嫉妒：2021.10.12 中時人間副刊

慌：2021.7.30

炙熱的告白：2017.6 野薑花詩集 21 期

她是我針尖上的擬像：2019 第十四屆葉紅女性詩獎

迷宮之鳥：2017.3.12 自由副刊

我承認我的確被迷惑：2016.11.18 聯副

躑躅，介系詞：2021.9.12

窮途：2018.6 野薑花詩集 25 期

撿骨：2019.6 野薑花詩集 29 期

破夢：2018.9 野薑花詩集 26 期

孵：2019.6.16 聯副

白色幾何：2019.8.1 中時人間副刊

框景：2021.3 野薑花詩集 36 期

貓著的漁港：2019.3.4 華副

綠石槽：2017.5.24 華副

窯變——訪宜蘭磚窯：2017.12.3 刊於華副

在我黑瞳裡的憂悒城邦：2017.10.1 刊於華副

夏，旅次：2016.8.27 華副

格外曼谷：2020.12 野薑花詩集 35 期

繭途：2019.3 野薑花詩集 28 期

花見小路：2016.10.20 華副

廢材：2018. 5.21 華副

慾望多肉：2019.9 野薑花詩集 30 期

仙人掌：2019.6.14 華副

蛇：2020.12.22

獨角仙：2017.8.11 華副

刺客：2020.6 野薑花詩集 33 期

新人間336

迷宮之鳥

作　者—陳怡芬
主　編—李國祥
企　畫—林欣梅
編輯總監—蘇清霖
董事長—趙政岷
出版者—時報文化出版企業股份有限公司
108019臺北市和平西路三段二四〇號三樓
發行專線—（〇二）二三〇六—六八四二
讀者服務專線—〇八〇〇—二三一—七〇五
（〇二）二三〇四—七一〇三
讀者服務傳真—（〇二）二三〇四—六八五八
郵撥—一九三四四七二四時報文化出版公司
信箱—10899臺北華江橋郵局第九九信箱
時報悅讀網—http://www.readingtimes.com.tw
電子郵箱—genre@readingtimes.com.tw
法律顧問—理律法律事務所　陳長文律師、李念祖律師
印　刷—紘億印刷股份有限公司
初版一刷—二〇二一年十月二十二日
定價—新臺幣三三〇元

版權所有　翻印必究
（缺頁或破損的書，請寄回更換）

時報文化出版公司成立於一九七五年，
並於一九九九年股票上櫃公開發行，於二〇〇八年脫離中時集團非屬旺中，
以「尊重智慧與創意的文化事業」為信念。

本書榮獲第五屆周夢蝶詩獎

迷宮之鳥 / 陳怡芬著. -- 初版. -- 臺北市 : 時報文化,
2021.10
面； 公分. --（新人間 ; 336）
ISBN 978-957-13-9562-3(平裝)

863.51　　110016648

ISBN 978-957-13-9562-3
Printed in Taiwan